시즌2

이해력이 쑥쑥

교과서

관용구

100

문해력
점프
시리즈 3

시즌2

이해력이 쑥쑥 교과서 관용구 100

글 김종상 · 이지수 | 그림 윤유리

아주 좋은 날

짧은 말 속에 담긴 큰 지혜
관용구의 세계로 떠나 볼까?

'사족을 못 쓰다', '등을 돌리다', '점을 찍다'……. 교과서나 책, 드라마에도 자주 등장하는 관용구. 분명히 무슨 뜻인지는 알 것 같은데 왜 이런 말이 생겨났는지는 잘 모르겠지?

관용구는 짧은 문장으로도 복잡한 상황을 재미있고 간단하게 표현할수 있는 도구야. 예를 들어, '쥐 죽은 듯하다'라는 관용구를 들어 봤니? 이 말은 작은 소리도 들리지 않는 아주 조용한 상태를 의미해. 간단한 표현으로도 모두가 상상할 수 있는 상황을 전달할 수 있지.

또한, 관용구에는 오랜 세월 동안 쌓인 삶의 지혜가 담겨 있어. 다른 나라에서도 비슷한 관용구가 있는 걸 보면, 이런 표현들에 만국 공통의

언어적 약속이 담겨 있다는 걸 알 수 있어.

그리고 관용구를 배우면 어휘력과 문장 이해력이 크게 향상될 수 있어. '귀에 못이 박히다'라는 표현 알지? 이 말은 귀가 못에 다쳤다는 게 아니라, 같은 말을 여러 번 들어서 아주 익숙해진 상태를 의미해. 이처럼 관용구를 많이 알면, 글을 읽거나 쓸 때 더 다양한 표현을 이해하고 사용할 수 있게 돼.

지난 시리즈에서 고사성어와 속담을 배웠지? 이번에는 언제 어디서든 쉽게 이해하고 사용할 수 있는 관용구를 소개할 거야. 일상 생활에서 자주 쓰이는 관용구를 통해 우리 친구들이 더 풍부한 표현력을 기를 수 있도록 도와줄게.

〈이해력이 쑥쑥 교과서 관용구 100〉을 통해 다양한 관용구를 익히고, 직접 사용해 보면서 재미있고 더 생동감 있는 국어 생활을 즐길 수 있길 바라. 어쩌면 반에서 가장 인기 있는 말재주꾼이 될지도 몰라.

관용구의 세계에 빠져들 준비가 됐니? 자, 그럼 출발해 보자!

차례

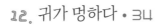

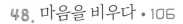

1

가망이
없다

4-2 국어 4단원 이야기 속 세상

 무슨 뜻일까?

바라는 대로 될 가능성을 '가망'이라고 해요. 즉 '가망이 없다'는 희망이
없거나 가능성이 없는 부정적인 상황을 표현하는 말이에요.

 이렇게 사용해!

의사 선생님은 강아지 또미의 병이 깊어, 다시 일어날 **가망이 없다**고 하
셨어요. 그 말씀에 우리 가족은 큰 슬픔에 빠졌어요.

 반대말도 있어!

'실낱같은 희망'은 절망적인 상황 속에서 아주 작은 가능성을 발견했을
때 사용해요.

2

가슴속에
남다

2-2 국어 4단원 인물의 마음을 짐작해요

 무슨 뜻일까?

'가슴'은 신체로는 어깨에서 명치에 이르는 부분이지만 마음이나 정신을 뜻하기도 해요. 그래서 '가슴속에 남다'는 좀처럼 잊히지 않고 오래도록 기억된다는 뜻이에요.

 이렇게 사용해!

라디오에서 흘러나온 노래의 아름다운 가사가 **가슴속에 남아** 하루 종일 흥얼거렸어요.

 비슷한 말이 있어!

'가슴에 박히다', '가슴에 새기다', '가슴에 간직하다' 역시 인상 깊은 무언가가 오래 기억될 때 사용하는 말이에요.

가슴에 맺히다

2-2 국어 4단원 인물의 마음을 짐작해요
3-2 사회 시대마다 다른 삶의 모습

 무슨 뜻일까?

음식을 먹다가 체하면 가슴이 답답하지요? 이처럼 어떤 일이 마음에 걸려 남아 있는 것을 '가슴에 맺히다'라고 표현해요. 원한이나 분노, 슬픔 같은 것이 마음에서 떠나지 않는 상태를 말해요.

 이렇게 사용해!

우리 할머니는 어린 시절에 부모님을 여의셨어요. 그래서 부모님에 대한 그리움이 늘 가슴에 맺혀 있다고 말씀하세요.

 비슷한 말이 있어!

'한이 맺히다', '가슴에 박히다' 역시 슬픈 일이나 상처 주는 말이 마음에서 사라지지 않을 때 써요.

4

가슴이
고동치다

3-2 국어 1단원 작품을 보고 느낌을 나누어요

 ## 무슨 뜻일까?

여러분은 언제 가슴이 뛰나요? '고동'은 팔딱팔딱 뛰는 심장의 운동을 말해요. '가슴이 고동치다'라는 말은 즐거운 일이 생겨 '희망으로 흥분된다'는 뜻이랍니다.

 ## 이렇게 사용해!

내일은 내가 좋아하는 아이돌의 콘서트가 열리는 날이에요. 몇 달 동안 기다리던 공연이 코앞으로 다가오자 **가슴이 고동쳐요.**

 ## 비슷한 말이 있어!

'심장이 뛰다', '가슴이 부풀다', '두근 반 세근 반' 역시 고대하던 일을 앞에 두고 떨리는 상황을 뜻하는 말이에요.

5 가슴이 뜨겁다

5-2 사회 사회의 새로운 변화와 오늘날의 우리

무슨 뜻일까?

감동적인 이야기를 듣거나 누군가의 위대한 업적을 보았을 때, 가슴이 뜨거워지는 경험을 한 적이 있나요? 이처럼 '가슴이 뜨겁다'는 큰 감동을 받아 뜨거운 기운이 샘솟을 때를 말해요.

이렇게 사용해!

역사 수업에서 일제강점기 때 독립운동을 하신 위인들에 대해 배웠어요. 목숨을 걸고 우리나라를 위해 싸운 분들의 이야기에 <u>가슴이 뜨거워졌어요.</u>

비슷한 말이 있어!

'감명받다', '감동적이다'도 '가슴이 뜨겁다'와 같이 마음을 움직이는 이야기를 듣거나 멋진 행동을 보았을 때 느끼는 감정이에요.

그렇게, 1919년 3월 1일 온 국민이 쏟아져 나와 '대한독립 만세'를 외쳤습니다.

당시 민족대표 33인의 선언이 담긴 기미독립선언서에는 지금도 우리의 가슴을 뜨겁게 만드는 결기가 담겨 있어요.

6

가슴이
무너지다

6-1 국어 9단원 마음을 나누는 글을 써요

무슨 뜻일까?

'가슴이 무너지다'는 마음이 무너진다는 뜻과 같아요. '무너지다'는 허물어져 내려앉는다는 뜻이니, 나쁜 일로 놀라거나, 몹시 힘든 상황 앞에서 마음을 가누기 힘들 때 쓰는 표현이에요.

이렇게 사용해!

이산가족이신 우리 할아버지는, 얼마 전 북녘에 계신 형님이 돌아가셨다는 소식에 가슴이 무너지는 듯 슬퍼하셨어요.

비슷한 말이 있어!

'억장이 무너지다', '눈앞이 캄캄하다' 역시 비슷한 뜻으로 쓰여요.

어떡해요! 영동지방에 또 산불이 났대요.

저런, 해마다 봄이면 산불이 나네!

작년에도 산불이 나서 이재민이 많이 생겼잖아요. 나무도 다 타고…

집을 잃은 사람이 백 명도 넘었지.

그래

집이 하루 아침에 잿더미가 되다니, 얼마나 가슴이 무너질까요?

그렁 그렁

그러니까! 올해도 복구 성금을 기부하자!

벌떡

네, 꼭이요!

3개월 묶은 저금통

아…

7

간덩이가
붓다

6-2 국어 2단원 관용 표현을 활용해요

 무슨 뜻일까?

자신의 분수를 모르고 배짱을 부리는 사람에게 쓰는 표현이에요. 우리 조상들은 몸속 기관인 간이 감정을 조절한다고 여겼는데, 간이 커지면 자만심도 커진다고 해서 생겨난 말이지요.

 이렇게 사용해!

어제저녁, 동생이 반찬 투정을 해서 혼났어요. 감히 엄마 앞에서 떼를 쓰다니, 간덩이가 부었나 봐요.

 비슷한 말이 있어!

'번데기 앞에서 주름 잡는다'는 실력이 더 좋은 사람 앞에서 교만하게 구는 이에게 쓰는 말이고, '거들먹거리다'는 주변 사람들을 업신여기는 사람에게 쓰는 말이에요.

8

고양이 세수다

 무슨 뜻일까?

얼굴에 물만 찍어 바르듯이 하는 세수를 말해요. 고양이가 앞발에 침을 묻혀 얼굴을 닦는 것처럼 대충하는 세수 말이지요.

 이렇게 사용해!

오빠는 아침에 고양이 세수를 해서 늘 눈곱을 달고 학교에 가요. 그래서 아빠에게 매일 혼나지요.

 비슷한 말이 있어!

'대강대강', '건듯건듯'은 별다른 노력 없이 일을 대충 해치우는 모양새를 뜻하는 말이에요.

꼭 누가 생각나네.

누구?

아침마다 고양이 세수하는 너 말이야.

나 같다고!!

너도 수건으로 대충 세수하잖아.

대충이라니?

나만의 세수법이라고!

9

골이
비다

무슨 뜻일까?

'머리가 비다'라는 표현처럼, 어리석은 사람을 낮잡아 이르는 말이에요.
지혜롭게 생각할 능력이 없다는 뜻이지요.

이렇게 사용해!

아이스크림을 한여름 뙤약볕 아래 두고선 녹았다고 슬퍼하는 동생에게
"골이 비었니?" 하고 놀렸다가 엄마에게 혼이 났어요.

비슷한 말이 있어!

'꺼벙하다', '어수룩하다' 역시 성격이 야무지지 못하고 어리석은 사람
에게 쓰는 말이에요.

10

골치가
아프다

4-1 국어 3단원 느낌을 살려 말해요

 무슨 뜻일까?

어떤 문제나 상황이 매우 까다롭고 해결하기 어려워 고민이 많아지는 것을 의미해요. 주로 복잡하거나 어려운 문제를 다룰 때 쓰는 말이지요.

 이렇게 사용해!

선생님이 내 주신 수학 숙제가 너무 많아서 골치가 아파요.

 비슷한 말이 있어!

'골머리가 아프다'도 어려운 상황이나 문제로 인해 많은 생각과 걱정을 하고 있을 때 쓰는 말이에요. 반대로 '시원하다'는 특별히 신경 쓸 일이 없어 마음이 편한 상태를 의미해요.

11

구미가
당기다

5-2 국어 2단원 지식이나 경험을 활용해요

무슨 뜻일까?

어떤 것에 대해 흥미나 관심이 생기는 것을 의미해요. 무언가를 하고 싶거나 매력적으로 느낄 때 쓰는 말이에요.

이렇게 사용해!

요리 프로그램을 보고 나서 계란말이에 <u>구미가 당겨</u> 직접 만들어 보기로 했어요.

비슷한 말이 있어!

'흥미를 느끼다'는 어떤 활동이나 주제에 대해 관심이 생기는 것을 말해요. 반대로 '관심이 없다'는 어떤 것에 대해 전혀 흥미를 느끼지 않는 상태를 의미해요.

12

귀가
멍하다

 무슨 뜻일까?

집중하지 못하고 멍한 상태를 의미해요. 주로 많은 정보나 소음 등으로 인해 집중이 안 되고 정신이 혼미해질 때 쓰는 말이에요. 또한, 소음이나 굉음으로 귀가 띵한 상태가 됐을 때를 얘기하기도 해요.

 이렇게 사용해!

운동회가 진행되는 내내 메가폰 소리가 쩌렁쩌렁 울려서 **귀가 멍해졌어요.**

 비슷한 말이 있어!

'정신이 없다'는 많은 일이나 소음 등으로 인해 집중을 잃은 상태를 말해요. 반대로 '귀가 밝다'는 주변의 소리나 정보에 매우 민감하게 반응하는 상태를 의미해요.

13

귀가
솔깃하다

6-1 국어 6단원 내용을 추론해요

 무슨 뜻일까?

어떤 이야기나 소식에 흥미를 느끼고 관심이 가는 상태를 의미해요. 특히 듣고 싶은 정보나 매력적인 제안을 들었을 때 쓰는 말이에요.

 이렇게 사용해!

새로 나온 휴대폰 게임 소식에 <u>귀가 솔깃해졌어요.</u>

 비슷한 말이 있어!

'귀를 쫑긋하다'는 어떤 이야기나 정보에 대해 관심이 생기는 것을 말해요. 반대로 '귀를 닫다'는 어떤 이야기나 정보에 대해 전혀 관심을 보이지 않는 상태를 의미해요.

조선을 세운 이성계는
정몽주의 마음을 돌리려 이런 시를 읊었어요.

지조의 상징!

어서 정몽주를 데려와라!

고려의 충신으로
알려진 정몽주의 꿋꿋함.

하지만 충신 정몽주는 이런 시로 답했습니다.

하여가
이런들 어떠하며
저런들 어떠하리.
만수산 드렁칡이
얽혀진들 어떠하리.
우리도 이같이 얽혀
백 년까지 누리리라.

이 몸이 죽고 죽어
일백 번 고쳐 죽어
백골이 진토되어
넋이라도 있고 없고
님 향한 일편단심이야
가실 줄이 있으랴.

고려를 버리고 조선 건국에 함께하면
부와 권력을 주겠다는 귀가 솔깃할 시였죠.

이 유명한 시조가 바로,
정몽주의 충심이 깃든 '단심가'랍니다.

귀가
얇다

3-1 국어 8단원 의견이 있어요

무슨 뜻일까?

다른 사람의 말에 쉽게 영향을 받는 것을 의미해요. 주로 의견이나 제안에 대해 쉽게 흔들리거나 바뀔 때 쓰는 말이에요.

이렇게 사용해!

민지는 친구들의 말에 따라 이랬다저랬다 해서 **귀가 얇은 편**이에요.

비슷한 말이 있어!

'팔랑귀'는 다른 사람의 의견이나 행동에 쉽게 흔들리는 것을 말해요. 반대로 '고지식하다'는 자신만의 확고한 의견이나 태도를 가지고 있어 쉽게 흔들리지 않는 상태를 의미해요.

15

귀가
어둡다

3-2 과학 소리의 성질

 무슨 뜻일까?

다른 사람의 말이나 소리를 잘 듣지 못하는 상태를 의미해요. 특히 나이가 들어 청력이 감소했을 때 자주 쓰는 말이에요.

 이렇게 사용해!

할아버지는 나이가 드시면서 점점 귀가 어두워지셨어요.

 비슷한 말이 있어!

'가는귀먹다'는 귀의 듣는 능력이 나이나 다른 요인으로 인해 저하되는 것을 말해요. 반대로 '귀가 밝다'는 소리를 매우 잘 듣는 상태를 의미해요.

16

귀가
절벽이다

 무슨 뜻일까?

매우 고집이 세고 다른 사람의 말을 잘 듣지 않는 상황을 비유적으로 표현할 때 사용해요. 주로 자기 의견만 고수하고 타협하지 않을 때 쓰여요.

 이렇게 사용해!

동호는 의견을 굽히지 않아서 사람들은 그를 귀가 절벽이라고 불러요.

 비슷한 말이 있어!

'고집이 세다'는 자신의 의견이나 생각을 쉽게 바꾸지 않는 성격을 말해요. 반대로 '마음이 열려 있다'는 새로운 아이디어나 의견에 대해 수용적이고 개방적인 태도를 가진 것을 말하지요.

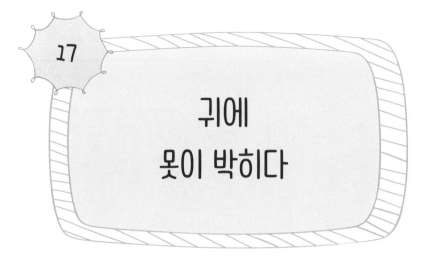

17

귀에 못이 박히다

 무슨 뜻일까?

어떤 말을 너무 자주 들어서 질릴 때 쓰는 표현이에요. 잔소리나 훈수가 듣기 싫을 때 쓰기도 해요.

 이렇게 사용해!

식사 시간마다 야채를 남기지 말라는 아빠의 말을 <u>귀에 못이 박히게</u> 들 었어요.

 비슷한 말이 있어!

'귀가 따갑다' 역시 같은 말을 여러 번 들을 때 사용해요. '한 귀로 흘리 다'는 이렇게 자주 듣는 잔소리를 무시할 때 써요.

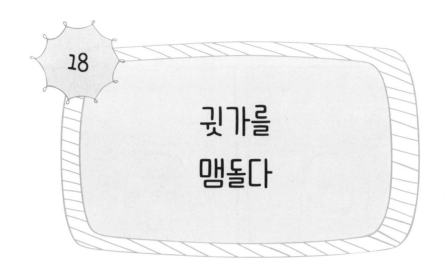

18

귓가를
맴돌다

 무슨 뜻일까?

어떤 소리나 말이 계속해서 생각나고 잊히지 않는 상태를 의미해요. 보통 중요하거나 강한 인상을 남긴 말이 계속해서 떠오를 때 쓰는 말이에요.

 이렇게 사용해!

발표 실력이 늘었다는 선생님의 칭찬이 하루 종일 귓가를 맴돌았어요.

 비슷한 말이 있어!

'귀에 아른거리다'는 어떤 목소리나 말이 강한 인상을 주어 계속해서 생각나는 상태를 말해요.

19

기가
죽다

2-2 국어 4단원 인물의 마음을 짐작해요

 무슨 뜻일까?

자신감이나 용기가 꺾이고 의기소침해지는 상태를 의미해요. 주로 실패하거나 난관에 부딪혔을 때 쓰는 말이에요.

 이렇게 사용해!

아랫집 아주머니에게 층간 소음으로 혼이 난 희진이는 완전히 기가 죽었어요.

 비슷한 말이 있어!

'낙담하다'는 실패나 실망으로 인해 마음이 꺾이고 힘이 빠지는 것을 말해요. 반대로 '기가 살다'는 좌절이나 실망에서 벗어나 다시 활력을 얻는 상태를 의미해요.

20 기가 차다

2-2 국어 10단원 인물의 말과 행동을 상상해요

 무슨 뜻일까?

매우 놀라거나 충격을 받아 할 말을 잃는 상태를 의미해요. 특히 예상치 못한 사건이나 행동에 대해 강한 반응을 보일 때 쓰는 말이에요.

 이렇게 사용해!

현철이의 무례한 발언에 모두 **기가 차서** 아무 말도 하지 못했어요.

 비슷한 말이 있어!

'기가 막히다'는 예상치 못한 상황에 맞닥뜨려 당황하고 말을 잃는 것을 뜻해요. 반대로 '기똥차다'는 놀랍도록 훌륭할 때 쓰는 말이에요.

21 꼬리를 내리다

5-1 사회 인권 존중의 정의로운 사회

 무슨 뜻일까?

'꼬리를 내리다'는 누군가의 기분이나 분위기가 나빠지는 것을 의미해요. 마치 동물이 위험을 느끼거나 겁을 먹어 꼬리를 내린 것처럼요. 또한, 상대방의 힘이나 크기에 눌려 자신의 의견을 드러내지 못하는 것을 뜻해요.

 이렇게 사용해!

친구들이 놀리자, 기분이 나빠져서 **꼬리를 내리고** 집으로 돌아왔어요.

 비슷한 말이 있어!

'꽁지를 내리다' 역시 기가 죽어 침울해 질 때 쓰는 말이에요. 반대로 '곤두세우다'는 화가 나고 신경이 날카로워질 때 사용해요.

52

22

꼬리를
사리다

3-1 국어 3단원 알맞은 높임 표현

 무슨 뜻일까?

'꼬리를 사리다'는 눈치를 봐야 하는 상황에서 꽁무니를 빼거나 움츠러들 때 쓰는 표현이에요.

 이렇게 사용해!

엄마, 아빠가 싸우실 때마다 나는 <u>꼬리를 사리고</u> 방으로 숨었어요.

 비슷한 말이 있어!

'꼬리를 빼다' 역시 난처한 상황에서 발을 빼는 것을 뜻해요. '눈치를 보다'는 어떻게 해야 할지 몰라 경계하는 모습을 표현한 말이에요.

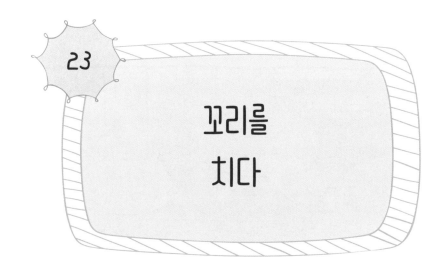

23

꼬리를
치다

무슨 뜻일까?

'꼬리를 치다'는 즐거움이나 흥분으로 인해 몸을 흔들거나 잘 보이려고 아양을 떠는 것을 의미해요. 마치 강아지가 기쁠 때 꼬리를 흔들듯이요. 또는 누군가의 마음에 들고 싶어 애교 부리며 살살댈 때 쓰기도 해요.

이렇게 사용해!

세뱃돈을 주신다는 말에, 동생은 할머니께 살살 <u>꼬리를 쳤어요.</u>

비슷한 말이 있어!

'알랑방귀를 뀌다' 역시 교묘한 말과 그럴듯한 행동으로 남의 비위를 맞추는 것을 말해요.

24

꼴사납다

2-2 국어 10단원 인물의 말과 행동을 상상해요

 무슨 뜻일까?

'꼴사납다'는 모습이나 상황이 불쾌하고 더러운 느낌을 주는 것을 의미해요. 예를 들어, 더러운 옷을 입거나 행색이 너저분할 때 사용될 수 있어요.

 이렇게 사용해!

비가 오는 날에 우산도 없이 물장구를 쳤어요. 엉망이 된 옷 때문에 엄마에게 꼴사납다고 혼이 났어요.

 비슷한 말이 있어!

'못 볼 꼴' 역시 차마 쳐다보기 어려운 모습을 뜻해요. '꼴좋다'는 나쁘거나 싫은 것을 보고 빈정거리는 표현이에요.

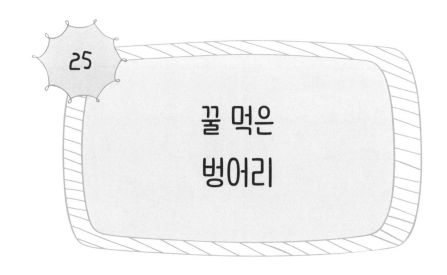

25

꿀 먹은
벙어리

무슨 뜻일까?

어떤 질문에 아무 대답도 하지 않는 상황을 의미해요. 끈적한 꿀 때문에
입술이 붙어 버린 것처럼요. 예를 들어, 중요한 비밀을 알고 있는데 아무
것도 말하지 않을 때 사용해요.

이렇게 사용해!

친구가 나에게 비밀을 말해서 나는 꿀 먹은 벙어리처럼 조용히 있었어요.

비슷한 말이 있어!

'침 먹은 지네' 역시 할 말이 있어도 못하고 있거나 겁이 나서 기를 펴지
못하고 꼼짝 못 하는 사람을 뜻해요.

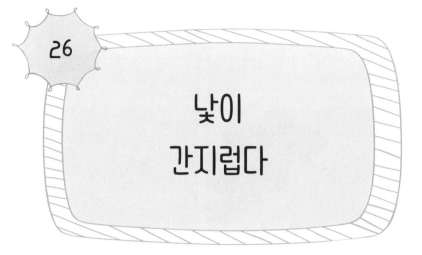

26

낯이
간지럽다

2-2 국어 4단원 인물의 마음을 짐작해요

 무슨 뜻일까?

'낯이 간지럽다'는 분에 넘치는 칭찬 때문에 당황한 기분을 의미해요. 또는 다른 사람에게 칭찬이나 애정을 표현하고 싶은데 부끄러울 때 사용하기도 해요.

 이렇게 사용해!

어버이날에 부모님께 카네이션을 드렸어요. 사랑한다고 이야기하려는데 낯이 간지러워 목소리가 기어 들어갔어요.

 비슷한 말이 있어!

'남부끄럽다', '남사스럽다' 역시 창피하여 남을 대하기가 부끄러울 때 써요.

27

너스레를 떨다

3-2 국어 5단원 바르게 대화해요

 ## 무슨 뜻일까?

'너스레를 떨다'는 수다스럽게 이야기를 떠벌리는 사람이나 모양새를 뜻해요. 어떤 상황에서도 넉살 좋게 이야기하는 모습을 말하지요.

 ## 이렇게 사용해!

지훈이는 달리기를 하다 넘어져 꼴찌를 했지만, 뒤에서 1등이라며 너스레를 떨었어요.

 ## 비슷한 말이 있어!

'넉살 좋다', '너스레를 부리다' 역시 부끄러운 기색이 없고 비위 좋은 모습을 표현하는 말이에요.

28

눈곱만 하다

1-2 국어 2단원 소리와 모양을 흉내 내요

 무슨 뜻일까?

'눈곱만 하다'는 아주 작은 것이나 미미한 것을 가리키는 표현으로, 어떤 일이나 사물의 크기가 아주 작거나 무시할 만하다는 뜻을 나타내요.

 이렇게 사용해!

눈곱만 한 사소한 실수에도 화를 내는 사람과는 어울리고 싶지 않아요.

 비슷한 말이 있어!

'티끌만 하다', '손톱만 하다' 역시 사소한 눈에 보이지 않을 만큼 작은 사물에 빗댄 표현이에요.

29

눈썰미가
좋다

무슨 뜻일까?

'눈썰미가 좋다'는 상황이나 사람을 잘 파악하고 분석하는 능력을 가리키는 표현이에요. 다른 사람의 감정이나 의도를 잘 파악하고 행동하는 것이나, 자신이 본 것을 잘 기억하는 특징을 말하지요.

이렇게 사용해!

다은이는 눈썰미가 좋아서 한번 눈으로 본 것은 전부 기억해요.

비슷한 말이 있어!

'길눈이 밝다'는 한번 와 봤던 길을 쉽게 기억하는 것을 말해요.

30

눈에
선하다

3-1 사회 우리 고장의 모습

 무슨 뜻일까?

어떤 사물이나 기억이 생생하게 떠오르는 것을 말해요. 즉, 아직도 마음
속에 선명하게 남아 있는 상태를 표현할 때 사용해요.

 이렇게 사용해!

어린 시절 할머니와 함께 살았던 시골집이 아직도 눈에 선해요.

 비슷한 말이 있어!

'기억에 남다'도 비슷한 표현이에요. 특정 사건이나 경험이 잊히지 않고
계속 기억될 때 쓰지요.

70

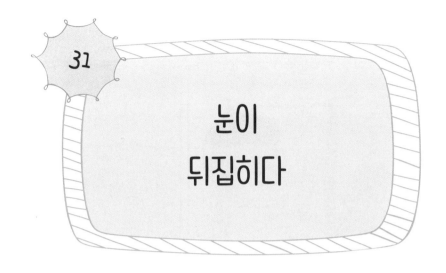

31

눈이
뒤집히다

 무슨 뜻일까?

매우 화가 나거나 경악할 때 쓰는 말이에요. 놀라움이나 분노 등 강한 감
정 상태를 나타낼 때 사용해요.

 이렇게 사용해!

주차된 차에 긁힌 흔적을 보고 아빠의 <u>눈이 뒤집혔어요.</u>

 비슷한 말이 있어!

'뚜껑이 열리다' 역시, 너무 화가 나서 당장이라도 싸우려 할 때 쓰는 말
이에요.

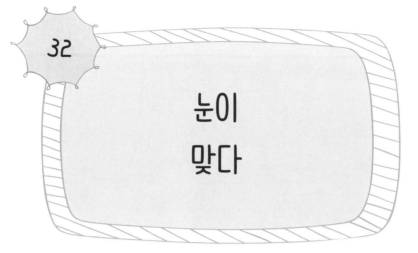

 무슨 뜻일까?

서로 호감을 느끼거나 의견이 잘 맞는 상황을 묘사할 때 사용해요. 대개 사람들 사이의 친밀감이나 좋은 관계를 뜻해요.

 이렇게 사용해!

첫 만남에서부터 우리는 눈이 맞아 단짝이 되었어요.

 비슷한 말이 있어!

요즘 유행하는 말로 '코드가 맞다', '케미가 맞다'는 서로의 성격이나 취향이 잘 통해 함께 있을 때 자연스럽고 편안한 상태를 의미해요.

전설적인 조각가 로댕은, 만나는 순간 제자인 카미유 클로델과 눈이 맞았어.

당신이 로댕인가요?

오~ 내 이상형이야.

두 사람은 사랑하는 연인이기도 했지만, 서로를 이해하는 예술가였지.

까미유 당신은 천재야.

카미유는 눈부신 재능으로 자신의 조각 세계를 선보였지만

내 실력을 보여 주겠어!

탁 탁 탁

늘 로댕의 그림자에 가려 충분히 인정받지 못하고 괴로워했어.

아니야! 이게 아니야!!

다 쓸데없어!!

그래도 오늘날에 이르러, 카미유 클로델은 위대한 조각가로 새로이 평가받고 있어.

엄마, 이건 누구 작품이에요?

카미유 클로델이라는 천재 작가 작품이야.

33

눈초리가
사납다

3-2 국어 9단원 작품 속 인물이 되어

무슨 뜻일까?

누군가를 심하게 노려보거나 호의적이지 않은 시선으로 바라보는 것을
말해요. 주로 불만족스러운 상황이나 불쾌한 감정을 표현할 때 사용해요.

이렇게 사용해!

선생님은 숙제를 또 잊어버리고 안 해온 수민이를 <u>사나운 눈초리</u>로 쳐
다보셨어요.

비슷한 말이 있어!

'차가운 시선'은 부정적인 감정이나 냉담한 태도로 다른 사람을 바라볼
때 쓰는 말이에요. 반대로 '따뜻한 눈빛'은 온화하고 다정한 감정을 표현
하는 눈빛이에요.

34

눈총을
받다

무슨 뜻일까?

다른 사람들로부터 비난이나 불쾌한 시선을 받는 것을 의미해요. 특히 다른 사람을 배려하지 않거나 행동이나 의견이 주변 사람들과 다를 때 사용되는 표현이지요.

이렇게 사용해!

지영이는 규칙을 어겨 친구들의 눈총을 받았어요.

비슷한 말이 있어!

'뒤통수가 따갑다' 역시 주변 사람들의 못마땅한 눈길을 받을 때 사용되는 표현이에요.

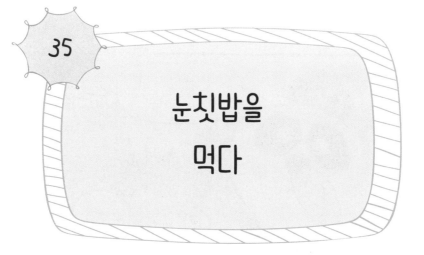

35

눈칫밥을 먹다

5-1 국어 1단원 대화와 공감

무슨 뜻일까?

다른 사람의 시선이나 불편한 감정 속에서 살아가는 것을 의미해요. 보통 사회적 압박이나 타인의 감시하에 불편함을 느낄 때 사용해요.

이렇게 사용해!

댄스 교실에서 나 혼자만 자꾸 실수를 해서, 다른 친구들의 눈칫밥을 먹었어요.

비슷한 말이 있어!

'시선을 의식하다'는 다른 사람의 시선을 신경 쓰며 행동하거나 느끼는 상황을 설명할 때 쓰는 말이에요.

학급 회의

아~ 저기~

자, 싸우지들 말고….

급식은 자고로 돼지 메뉴! 제육볶음이 더 나와야 한다고 생각합니다.

제육볶음

치킨값이 올라 집에서는 자주 못 시켜 먹는다고요! 닭강정이 더 자주 나와야 합니다.

닭강정

여러분, 이렇게 싸울 안건이 아닌 것 같은데요.

어질 어질

반장이 눈칫밥을 제대로 먹고 있네.

크크크

히히히히

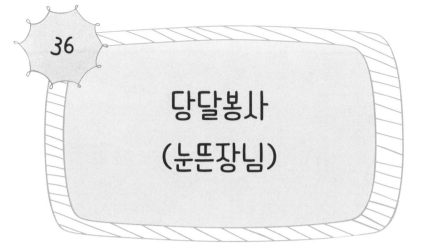

36

당달봉사
(눈뜬장님)

4-1 국어 7단원 사전은 내 친구

 무슨 뜻일까?

'당달봉사'는 겉으로 보기에는 눈이 멀쩡한데 앞을 보지 못하는 눈, 또는 어떤 사건이나 눈앞의 일을 느끼지 못하는 사람을 뜻해요. 무언가를 보고도 기억하지 못하는 사람을 비유적으로 일컫기도 하지요.

 이렇게 사용해!

다들 당달봉사야? 손목시계도 있으면서 왜 이제 들어와?

 비슷한 말이 있어!

'눈뜬장님', '청맹과니' 역시 사리에 밝지 못해 눈을 뜨고도 상황을 제대로 분간하지 못하는 사람을 비유적으로 이르는 말이에요.

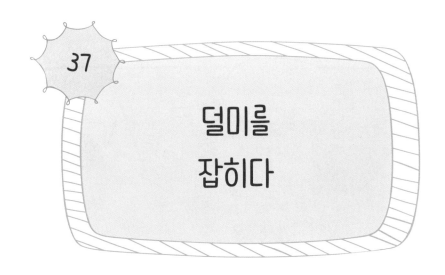

37

덜미를 잡히다

무슨 뜻일까?

잘못이나 비밀이 들통나서 다른 사람에게 들키는 것을 의미해요. 주로 숨기고 있던 사실이나 행동이 발각될 때 사용되는 표현이지요.

이렇게 사용해!

그는 숨겨 둔 과자를 먹다가 엄마에게 덜미를 잡혔어요.

비슷한 말이 있어!

'꼬리가 밟히다' 역시 못된 행적이 드러났을 때 사용하는 표현이에요.

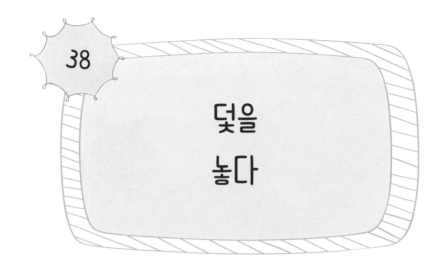

38

덫을 놓다

 무슨 뜻일까?

계획적으로 함정을 설치하여 다른 사람을 속이거나 문제에 빠트리려고 하는 것을 말해요. 이 표현은 주로 부정적인 상황에서 시용해요.

 이렇게 사용해!

악당은 영웅을 속이기 위해 치밀한 덫을 놓았어요.

 비슷한 말이 있어!

'함정에 빠지다' 역시 누군가 비밀리에 세운 교활한 계획에 걸려들었을 때 사용해요.

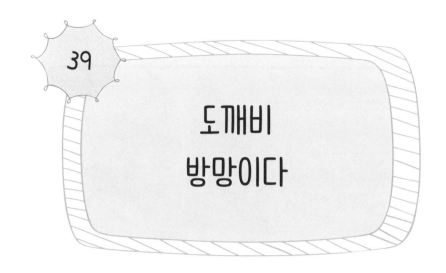

도깨비
방망이다

 무슨 뜻일까?

동화 속 도깨비방망이처럼, 필요한 무엇이든 금방 내주거나 문제를 쉽게
해결하는 깃을 비유적으로 표현하는 말이에요.

 이렇게 사용해!

우리 반 반장은 **도깨비방망이**라도 갖고 있는지, 미술 준비물을 두고 온
친구들에게 금방 색연필을 내주었어요.

 비슷한 말이 있어!

'만능열쇠'는 모든 문제나 어려움을 해결할 수 있는 탁월한 수단이나 방
법을 말할 때 쓰는 말이에요.

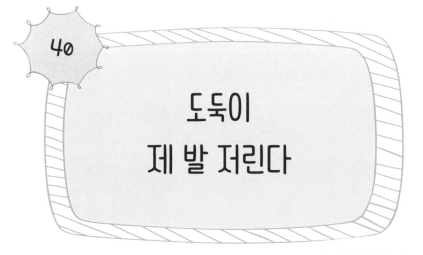

40

도둑이
제 발 저린다

4-2 국어 8단원 생각하며 읽어요

 무슨 뜻일까?

자신의 잘못이나 비밀이 드러날까 봐 불안해하는 모습을 비유적으로 표현힐 때 사용해요. 주로 자신의 행동에 대한 죄책감이나 두려움을 나타낼 때 쓰입니다.

 이렇게 사용해!

선생님 앞에서 거짓말을 한 민구는 <u>도둑이 제 발 저리듯</u> 계속 불안해 보였어요.

 비슷한 말이 있어!

'양심의 가책을 느끼다'는 자신의 잘못된 행동 때문에 마음이 불편하고 괴로워하는 것을 말해요. 반대로 '뻔뻔하다'는 자신의 나쁜 행동에도 부끄러움이 없는 상태를 의미해요.

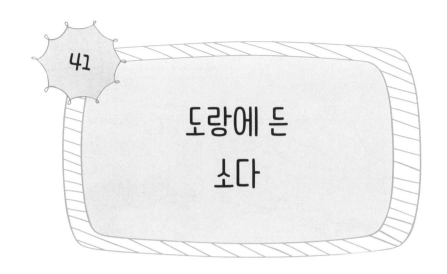

41

도랑에 든
소다

무슨 뜻일까?

'도랑에 든 소'는 양쪽 둔덕의 풀을 뜯어먹을 수 있다는 뜻으로, 먹을 것이 많아 풍족한 처지에 있는 경우를 비유적으로 이르는 말이에요.

이렇게 사용해!

아빠, 엄마가 퇴근길에 피자와 치킨을 사 오셨어요. 덕분에 나와 동생은 도랑에 든 소처럼 행복한 고민에 빠졌어요.

비슷한 말이 있어!

'개천에 든 소' 역시 선택할 수 있는 방법이 많거나 생활이 넉넉할 때 쓰는 표현이에요.

42

도토리
키재기다

 무슨 뜻일까?

서로 비슷한 수준이나 능력을 가진 것을 비유할 때 사용해요. 주로 서로
비슷해서 큰 차이가 없다는 뜻으로 쓰여요.

 이렇게 사용해!

수학 시험 점수가 비슷한 친구들끼리는 도토리 키재기라고 할 수 있어요.

 비슷한 말이 있어!

'도긴개긴' 역시 여러 대상이 서로 크게 차이가 없이 비슷할 때 써요. 반
대로 '번데기 앞에서 주름 잡는다'는 실력이나 상황이 크게 차이 나는
대상 앞에서 주제를 모르고 우쭐댈 때 쓰지요.

43

뒤웅박
팔자다

5-2 사회 옛사람들의 삶과 문화

 무슨 뜻일까?

운이 매우 나쁘거나 처지가 좋지 않은 상태를 표현할 때 사용해요. 보통 생각지도 못한 불행이나 실패를 겪었을 때 이러한 표현을 씁니다.

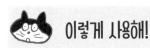 **이렇게 사용해!**

실패를 거듭한 후에 그는 스스로를 뒤웅박 팔자라고 불렀어요.

 비슷한 말이 있어!

'운이 없다'는 어떤 상황에서 좋지 못한 결과나 불리한 조건을 겪는 것을 말할 때 쓰는 말이에요. 반대로 '금수저를 물다'는 처음부터 좋은 환경이나 조건을 가지고 있는 것을 의미해요.

96

44

등을
돌리다

무슨 뜻일까?

누군가 어떤 것에 대해 관심을 잃거나 안 좋은 일이 생겨 의도적으로 멀어지는 것을 의미해요. 주로 관계가 나빠지거나 실망감을 느낄 때 사용해요.

이렇게 사용해!

효주의 반복된 거짓말에 실망한 민지는 결국 등을 돌렸어요.

비슷한 말이 있어!

'소원해지다'는 사이가 멀어지거나 친밀도가 감소하는 상황을 표현할 때 사용해요. 반대로 '손을 잡다'는 누군가와 관계를 개선하거나 다시 가까워지려고 노력하는 것을 의미해요.

후삼국 시대, 궁예는 후고구려를 세웠어.

지혜롭게 백성을 다스리던 궁예에겐
왕건이라는 신하가 있었지.

왕건은 궁예의 신임을 받으며
시중이라는 높은 벼슬까지 올랐어.

그러다 궁예가 초심을 잃고 폭정을 일삼자
왕건은 주군인 궁예에게 등을 돌리고,

후삼국을 평정한 뒤 고려를 건국했단다.

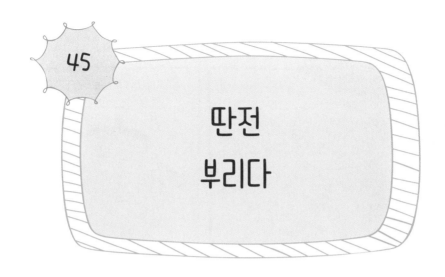

45

딴전
부리다

무슨 뜻일까?

주제에서 벗어나 다른 이야기를 하거나, 본래의 목적을 잊고 다른 행동을 하는 것을 의미해요. 주로 주의가 산만하거나 의도적으로 다른 주제로 돌리려 할 때 사용해요.

이렇게 사용해!

수업 시간에 선생님의 질문에 **딴전을 부리며** 다른 이야기를 시작한 지호는 꾸중을 들었어요.

비슷한 말이 있어!

'먼 산을 보다'는 본래의 중요한 주제에서 멀어져 딴청을 부릴 때 써요. '오리발을 내밀다'는 상황이 난처해지자 갑자기 모른 척 다른 소리를 할 때 쓰는 표현이에요.

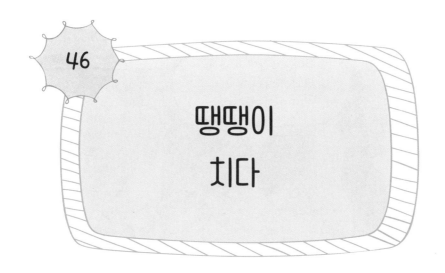

46

땡땡이
치다

 무슨 뜻일까?

학교나 일을 슬쩍 빠져나와 노는 것을 의미해요. 주로 학교나 직장에서 규정을 어기고 빠져나올 때 쓰는 말이에요.

 이렇게 사용해!

시험이 코앞인데 준호는 친구들과 함께 **땡땡이를 치고** 영화를 보러 갔어요.

 비슷한 말이 있어!

'베짱이 같다'는 우화 '개미와 베짱이'에서처럼 다른 사람들이 성실하게 공부나 일에 집중할 때, 혼자 게으름을 부리거나 놀러 다니는 것을 일컫는 말이에요.

47

떡심이 풀리다

 무슨 뜻일까?

처음의 열정이나 의욕이 사라져 기력이 빠지는 것을 의미해요. 주로 열심히 하던 일에 대한 흥미가 감소했을 때 쓰는 말이에요.

 이렇게 사용해!

오랜 시간 공부한 후에는 자연스럽게 **떡심이 풀려서** 더 이상 집중할 수 없어요.

 비슷한 말이 있어!

'김새다', '김빠지다'는 어떤 일에 대한 열정이나 관심이 사라져 그 일을 계속하기 어려워진 상태를 말해요.

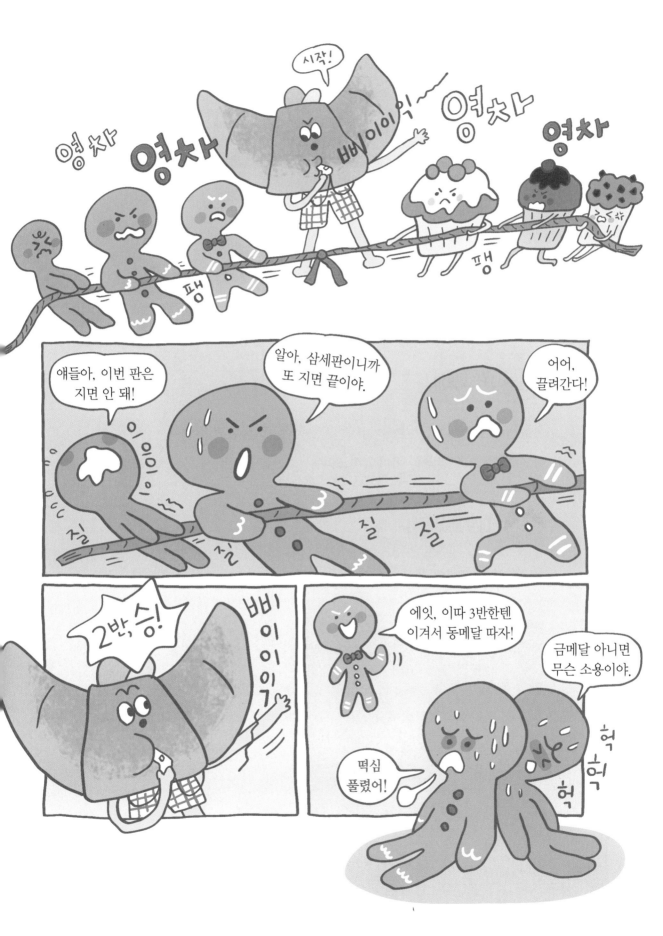

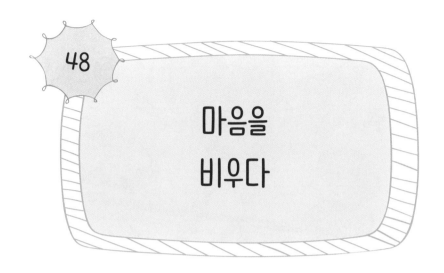

48

마음을
비우다

무슨 뜻일까?

걱정거리나 욕심을 버리고 마음을 편안하게 하는 것을 의미해요. 주로 시험 등에서 좋은 결과를 바라면서도, 부담을 줄이려 할 때 쓰는 말이에요.

이렇게 사용해!

언니는 수능 시험이 끝나고 나서 좋은 대학에 가겠다는 **마음을 비웠어요.**

비슷한 말이 있어!

'마음을 내려놓다' 역시 큰 보상이나 훌륭한 결과를 바라지 않는 겸허한 마음을 비유하는 표현이에요.

49

말끝을
흐리다

3-1 국어 8단원 의견이 있어요

 무슨 뜻일까?

말을 할 때 자신감이 없거나 망설이는 모습을 보이며 말을 끝까지 분명하게 하지 않는 것을 의미해요. 주로 긴장하거나 불확실할 때 쓰는 말이에요.

 이렇게 사용해!

언니와 나의 세뱃돈을 차곡차곡 모아 두었다던 엄마는 예금통장을 보여 달라고 하자 **말끝을 흐렸어요.**

 비슷한 말이 있어!

'주저하다'는 어떤 결정이나 행동을 할 때 망설이는 것을 말해요.
반대로 '단호하다'는 말이나 행동에서 자신의 의견이나 결정을 분명하게 표현하는 것을 의미해요.

오늘 혹시 무슨 날인지 알아요?

오, 오늘?

글쎄, 우리 결혼기념일?

말끝을 흐리지 말고요!

옳지! 당신 생일?

분리수거하는 날!

에잇, 말려들었다!

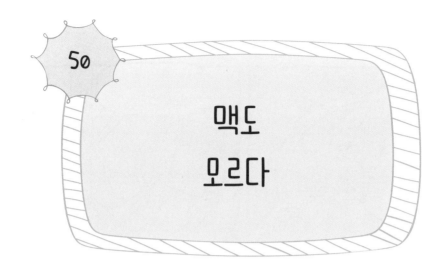

50

맥도
모르다

무슨 뜻일까?

어떤 일이나 상황의 본질이나 핵심을 전혀 이해하지 못하는 것을 의미해요. 특성 주제에 대한 시식이나 이해가 부족할 때 쓰는 말이에요.

이렇게 사용해!

컴퓨터 수업에서 처음 프로그래밍을 배우는 준희는 <u>맥도 모르고</u> 헤매고 있어요.

비슷한 말이 있어!

'맥도 모르고 침통 흔든다', '선무당이 사람 잡는다' 역시 어떤 주제에 대해 실력이 없으면서 나서는 사람을 빗대는 표현이에요.

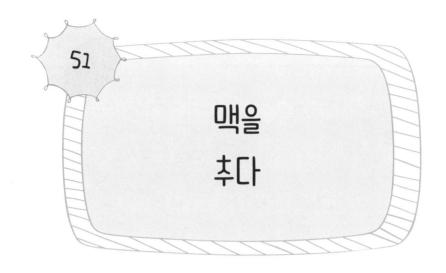

51

맥을
추다

무슨 뜻일까?

잃었던 기운이나 힘을 다시 회복했을 때 쓰는 표현이에요. 반대로 '맥을
못 추나'는 기운이 빠져 원래 실력을 발휘하지 못할 때 쓰지요.

이렇게 사용해!

몸살로 몸져 누우셨던 할아버지는 할머니의 보살핌 덕분에 다시 **맥을 추**
셨어요.

비슷한 말이 있어!

'기를 펴다'는 억눌림이나 어려운 지경에서 벗어난 씩씩한 태도를 일컫
는 말이에요. 반대로 '시들시들하다'는 물 없는 꽃병의 꽃들처럼 힘없는
상태를 말해요.

52

머리에
새기다

5-2 국어 4단원 중요한 내용을 요약해요

 무슨 뜻일까?

매우 중요한 정보나 사실을 잊지 않고 깊이 기억하는 것을 의미해요. 중
요한 사항을 오래도록 잊지 않고자 할 때 쓰는 말이에요.

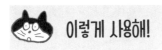 **이렇게 사용해!**

선생님이 밑줄을 치라고 하신 영어 문장을 열심히 머리에 새겼어요.

 비슷한 말이 있어!

'아로새기다'는 무늬나 글자를 또렷하게 새겨 넣듯이 마음속에 또렷이
기억하여 두는 것을 의미해요.

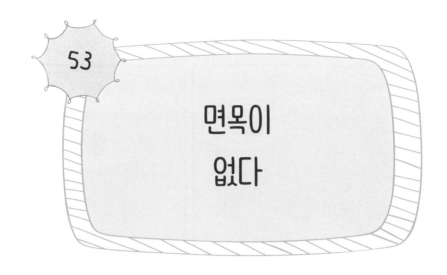

53

면목이
없다

무슨 뜻일까?

매우 부끄럽거나 난처한 상태를 의미해요. 주로 자신의 행동이나 상황 때문에 다른 사람 앞에서 낭당히 설 수 없을 때 쓰는 말이에요.

이렇게 사용해!

실수로 하민이의 교과서를 잃어버린 후, 은규는 하민이 앞에서 면목이 없었어요.

비슷한 말이 있어!

'고개를 들지 못하다' 역시 누군가에게 큰 실수나 실례를 저지른 바람에 똑바로 마주하기 부끄러울 때 사용하는 표현이에요.

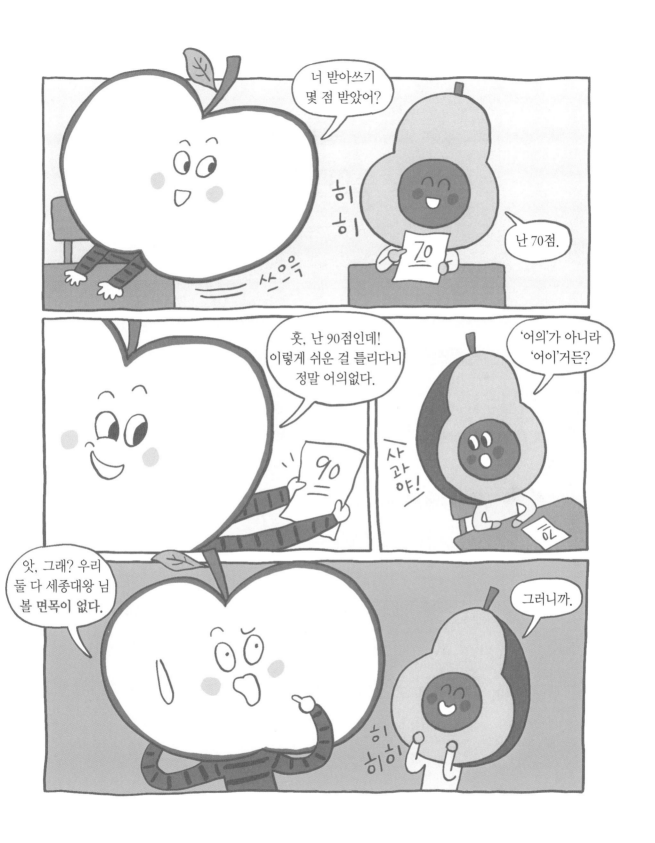

54

물고
늘어지다

5-1 국어 1단원 대화와 공감

 무슨 뜻일까?

어떤 문제나 주제에 대해 계속해서 집착하고 파헤치는 것을 의미해요. 주로 한 가지 사항에 대해 계속 언급하거니 포기하지 않을 때 쓰는 말이에요.

 이렇게 사용해!

형은 자신의 생각이 맞다고 주장하며 계속 물고 늘어졌어요.

 비슷한 말이 있어!

'말꼬리를 잡다', '꼬투리 잡다'는 어떤 이야기나 사건의 실마리를 물고 늘어지며 누군가를 힘들게 할 때 쓰는 말이에요.

폴란드 출신의 마리 퀴리는
방사성 원소 '라듐'을
발견한 과학자야.

폴란드에선 이제
미래가 없어!

폴란드에서는 여자가 대학에 갈 수 없었기에,
용감하게 파리로 향했고,

남편이 마차 사고로
세상을 떠난 슬픔을 견디며,

순수한 라듐을 추출하기 위해
포기하지 않고 물고 늘어졌어.

그 결과 실험에 성공하고, 인류의 의학과
물리학은 획기적으로 발전했단다!

인류의 혁명적
성공이야!

짝! 짝!
짝!

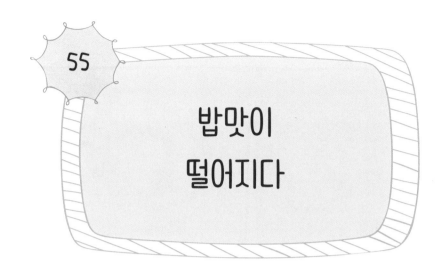

55

밥맛이
떨어지다

 무슨 뜻일까?

식욕이 감소하거나 음식 맛이 없어지는 것을 의미해요. 혹은 누군가의 말이나 행동으로 인해 기분이 나빠질 때 쓰기도 해요.

 이렇게 사용해!

시험 기간 동안에 너무 긴장해서 나는 <u>밥맛이 떨어졌어요.</u>

 비슷한 말이 있어!

'식욕이 없다'는 식사에 대한 욕구나 흥미가 줄어든 상태를 말해요. '밥맛 없다'는 아니꼽고 기가 차서 정이 떨어지거나 상대하기가 싫은 기분을 나타내요.

56

배가
아프다

2-2 국어 4단원 인물의 마음을 짐작해요

 무슨 뜻일까?

실제로 배가 아픈 것이 아니라, 질투나 부러움을 느끼는 감정을 의미해요. 누군가의 성공이나 행운을 보고 그것을 부러워할 때 쓰는 말이에요.

 이렇게 사용해!

동생이 크리스마스 선물로 새 자전거를 받았을 때, 나는 조금 <u>배가 아팠어요</u>.

 비슷한 말이 있어!

'아니꼽다', '배알이 뒤틀린다' 역시 다른 사람의 좋은 점이나 성공을 보고 그것을 부러워하거나 시기하는 것을 말해요.

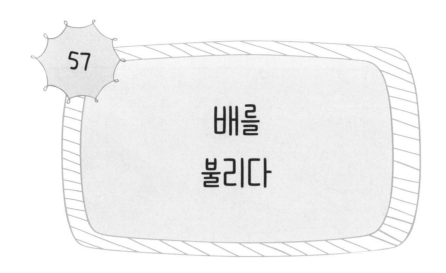

배를
불리다

무슨 뜻일까?

물질적 이익이나 재산을 많이 쌓아 자신의 이득을 크게 늘리는 것을 의미해요. 주로 부당한 방법으로 경제적인 이익을 크게 얻을 때 쓰는 말이에요.

이렇게 사용해!

마을 사람들이 모두 나가 도랑을 파서 가을에 풍작을 거뒀는데, 왠지 사또님만 배를 불렸어요.

비슷한 말이 있어!

'뱃속을 채우다' 역시 염치없이 자기 욕심만 차리거나 누군가에게 피해를 주면서 이득을 볼 때 쓰는 표현이에요.

58

비위가 사납다

무슨 뜻일까?

쉽게 화를 내거나 기분이 나빠지는 성격을 의미해요. 주로 성격이 급하거나 민감할 때 쓰는 말이에요.

이렇게 사용해!

우리 큰고모는 예민해서 <u>비위가 사나워요.</u> 그래서 큰고모댁에서는 늘 조용히 얌전하게 행동해야 해요.

비슷한 말이 있어!

'성격이 날카롭다'는 쉽게 화를 내거나 감정의 변화가 심한 성격을 가리킬 때 쓰는 말이에요.

59

사족을
못 쓰다

5-1 국어 3단원 경험을 바탕으로 글을 써요

 무슨 뜻일까?

'사족'은 팔다리를 뜻해요. 팔다리를 가누지 못할 정도로 무언가를 끔찍이 좋아하거나 어떤 대상에 혹해서 사리를 분별하지 못할 때 쓰는 표현이에요.

 이렇게 사용해!

수정이는 아이돌 그룹 식스틴에 관한 것이라면 사족을 못 써서 무엇이든 식스틴 상품은 모두 모아 두었어요.

 비슷한 말이 있어!

'빠지다', '환장하다' 역시 무언가에 지나치게 몰두하여 정신을 못 차리는 지경에 이른 사람을 두고 쓰는 표현이에요.

60

생사람
잡다

4-1 국어 10단원 인물의 마음을 알아봐요
5-2 사회 사회의 새로운 변화와 오늘날의 우리

 무슨 뜻일까?

극도로 힘들거나 고통스러운 상황을 만들어 내는 것을 의미해요. 주로 과도한 요구나 부당한 대우를 받을 때 쓰는 말이에요.

 이렇게 사용해!

추석이 다가오자 납품날짜를 맞추려는 업무량 때문에 직원들은 생사람 잡는다고 불평했어요.

 비슷한 말이 있어!

'누명을 씌우다'는 '생사람 잡다'처럼 아무 잘못이 없는 사람에게 책임을 지우고 괴롭힐 때 쓰는 말이에요.

61

손을
내밀다

5-1 국어 1단원 대화와 공감

 무슨 뜻일까?

도움이 필요한 사람에게 도움을 주기 위해 노력하는 것을 의미해요. 주로 친절하게 대한나서나 도움을 제공할 의사가 있을 때 쓰는 말이에요.

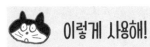 **이렇게 사용해!**

친구가 어려움에 처했을 때, 우리들은 모두 손을 내밀어 도와주었어요.

 비슷한 말이 있어!

'동아줄을 내려주다' 역시 누군가 어려운 상황을 겪을 때 큰 도움을 주는 사람을 뜻해요. 반대로 '손을 거두다'는 베풀던 도움을 거둘 때 사용하지요.

1809년 프랑스에서 태어난 루이 브라이는
아버지의 공방에서 말굽을 만들다 사고로 시력을 잃게 됐어.

안타까운 사연을 알게 된 마을 교구의 파뤼 신부는
루이에게 손을 내밀었어.

신부님의 권유와 도움으로 학교 교육을 받게 된 루이는
열심히 공부했어.

이후 왕립맹아학교에 진학한 루이는
스무 살도 안 된 어린 나이에
새로운 점자를 발명했어.

브라이 점자는 지금까지도 전 세계 시각장애인들의
눈이 되어 주고 있단다!

62 손톱을 튀기다

무슨 뜻일까?

일은 하지 않고 가만히 놀면서 지내는 사람에게 쓰는 표현이에요. 주변이 분주히 돌아가는데도 홀로 여유를 부리며 게으름을 부리는 상황을 뜻하지요.

이렇게 사용해!

대학을 졸업한 삼촌이 몇 달째 집안에만 있으면서 **손톱을 튀기자**, 할머니는 결국 역정을 내셨어요.

비슷한 말이 있어!

'빈둥거리다', '뒹굴거리다' 역시 아무 일도 하지 않고 자꾸 게으름만 피우는 사람에게 쓰는 표현이에요.

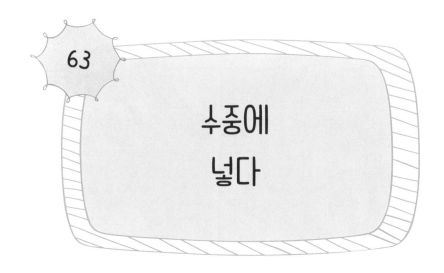

63

수중에 넣다

무슨 뜻일까?

어떤 것을 손에 넣거나 자기 아래 두는 것을 의미해요. 애타게 갖고 싶어하던 대상이나 물건을 구입하거나 얻었을 때 쓴답니다.

이렇게 사용해!

엄마가 허락하자, 아빠는 모아 둔 비상금으로 꿈에 그리던 노트북을 수중에 넣었어요.

비슷한 말이 있어!

'손에 넣다', '손아귀에 넣다' 역시 같은 뜻으로, 어떤 물건이나 권리를 자신의 것으로 만드는 것을 의미해요. 반대로 '빼앗기다'는 자신의 소유를 누군가에게 잃었을 때 쓰지요.

64

숨통이
트이다

6-2 과학 에너지와 생활

 무슨 뜻일까?

어려운 상황이나 압박에서 벗어나 마침내 자유롭게 숨 쉴 수 있는 상태가 되었다는 것을 의미해요. 주로 곤경에서 벗어나 해방감을 느낄 때 쓰는 말이에요.

 이렇게 사용해!

긴장된 중간고사가 끝나고 나서야 숨통이 트였어요.

 비슷한 말이 있어!

'숨을 돌리다' 역시 바쁘고 어려운 상황에서 가까스로 벗어나 휴식을 누릴 때 쓰는 표현이에요. 반대로 '숨통을 조이다'는 해결하기 어려운 일에 고통을 받는 것을 뜻해요.

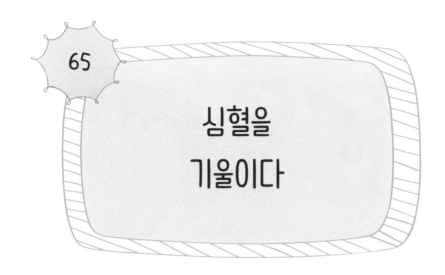

65

심혈을 기울이다

무슨 뜻일까?

매우 큰 노력과 정성을 들여 어떤 일을 처리하거나 문제를 해결하는 것을 의미해요. 주로 중요하거나 어려운 작업에 많은 에너지와 관심을 쏟을 때 쓰는 말이에요.

이렇게 사용해!

그 작가는 새 소설에 **심혈을 기울여** 독자들에게 감동을 주었어요.

비슷한 말이 있어!

'**정성을 쏟다**'는 모든 능력과 에너지를 사용하여 어떤 일에 최선을 다하는 것을 말해요. 반대로 '**대충대충**'은 어떤 일을 세심하게 처리하지 않고 되는 대로 처리하는 것을 의미해요.

르네상스 시대, 이탈리아에는 3대 거장이 있었어.
바로 레오나르도 다빈치, 라파엘로, 미켈란젤로야.

그중 미켈란젤로는 시스티나 성당의
광대한 프레스코화를 남겼어.

교황 율리우스 2세는 조각가로 이름을 날리던
그의 명성을 끌어내리려 성당 천장화를 주문했지만

가서
미켈란젤로에게
성당 천장화를
의뢰하거라.

네,
교황님.

골탕
먹여
좀 볼까?

미켈란젤로는 심혈을 기울여
불후의 명작을 완성했지.

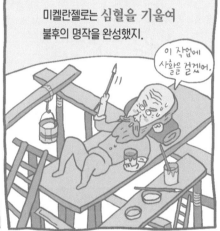

이 작업에
사활을 걸겠어.

어머나!

우와

실제로
보니 더 웅장
하네요.

500년이 지난 지금도 그의 재능과
열정은 후대의 사람들에게
영감의 원천이 되고 있어.

66

싹수가 없다

3-1 국어 6단원 바르게 대화해요

 무슨 뜻일까?

미래에 잘될 가능성이 보이지 않는 상태를 표현할 때 사용해요. 또는 윗사람이나 친구들에게 예절을 차리시 않고 건방지세 행동하는 사람에게 쓰기도 해요.

 이렇게 사용해!

선생님에게 인사도 없이 지나가는 6학년 형이 <u>싹수가 없어</u> 보여요.

 비슷한 말이 있어!

'싹수가 노랗다'는 노랗게 바래거나 힘을 잃은 새싹처럼, 어떤 상황이나 사람의 미래가 좋아 보이지 않다는 의미예요. 반대로 '싹수가 보인다'는 미래에 잘될 가능성이 보이는 상태를 말해요.

67

엉덩이가 가볍다

1-2 국어 6단원 바른 자세로 말해요

 ## 무슨 뜻일까?

가만히 앉아 있지 못하고 자주 자리를 옮기는 성격을 가리키는 말로, 주로 활동적이거나 쉽게 집중하지 못하는 특성을 설명할 때 쓰는 말이에요.

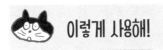 ## 이렇게 사용해!

지민이는 엉덩이가 가벼워서 책상 앞에 오래 앉아 있지 못해요.

 ## 비슷한 말이 있어!

'조급하다'는 빨리 행동하려는 경향이 있어 안정적이지 못한 상태를 말해요. 반대로 '엉덩이가 무겁다'라는 표현은 행동이 느린 것을 일컬어요.

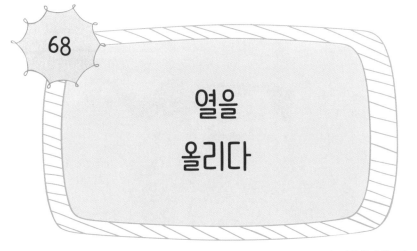

68

열을
올리다

6-1 국어 5단원 함께하는 발표

 무슨 뜻일까?

어떤 일에 매우 열정적이거나 집중하는 것을 의미해요. 특히 관심 있는 활동이나 목표에 대한 강한 열정을 보일 때 쓰는 말이에요. 또는 누군가의 말에 발끈하여 목소리를 높일 때도 쓰여요.

 이렇게 사용해!

선영이는 모둠 발표에 **열을 올려** 밤낮으로 발표 준비에 몰두했어요.

 비슷한 말이 있어!

'열변을 토하다'는 목소리를 높여 자신의 주장을 적극적이고 강하게 표현할 때 쓰는 표현이에요.

오만가지다

무슨 뜻일까?

매우 다양하고 복잡한 상황이나 선택지가 많은 상황을 말해요. 부정적으로 쓰일 때는 여러 가시 문세가 섞여 있을 때 쓰는 말이에요.

이렇게 사용해!

우리 가족은 다른 동네로 이사하면서 청소며 가전 제품 설치까지,

오만 가지 문제에 맞닥뜨렸어요.

비슷한 말이 있어!

'가지가지', '각양각색' 역시 이런저런 여러 가지 물건이나 방법이 존재하는 것을 말해요.

70

오지랖이 넓다

3-1 국어 6단원 바르게 대화해요
5-2 사회 사회의 새로운 변화와 오늘날의 우리

 무슨 뜻일까?

타인의 사생활이나 일에 지나치게 관심을 가지고 간섭하는 성격을 의미해요. 주로 다른 사람의 일에 불필요하게 참견할 때 쓰는 말이에요.

 이렇게 사용해!

이웃집 아주머니는 오지랖이 넓어서 아파트 주민들 사정을 다 알고 계셔요.

 비슷한 말이 있어!

'발이 넓다'는 아는 사람이 많아서 어딜 가나 알아보거나, 어디든 친구를 두고 있는 경우를 말해줘요.

150

71

응어리지다

4-1 국어 10단원 인물의 마음을 알아봐요

 무슨 뜻일까?

감정이나 불만이 마음속에 쌓여서 굳어진 상태를 의미해요. 주로 해결되지 않은 문제나 상처로 인해 부정적인 감정이 계속 남아 있을 때 쓰는 말이에요.

 이렇게 사용해!

친구를 오랫동안 오해해서 마음속에 응어리가 지고 말았어요.

 비슷한 말이 있어!

'앙금이 남다'는 과거의 상처나 감정으로 인해 누군가에 대한 미움을 간직하는 것을 말해요. 마음속에 남아 있는 개운치 않은 감정을 비유적으로 이르는 말이기도 해요.

72

이가
갈리다

무슨 뜻일까?

분노나 불쾌감을 참지 못하고 격하게 반응하는 상태를 의미해요. 강한 분노나 실망감 때문에 이가 맞부딪힐 정도로 화가 난다는 뜻이지요.

이렇게 사용해!

일제 강점기에 일어난 우리 민족에 대한 탄압을 배우면서, 수업 시간 내내 이가 갈렸어요.

비슷한 말이 있어!

'치가 떨리다' 역시 같은 표현이에요. 누군가의 지긋지긋하거나 나쁜 행동에 분노할 때 쓰지요.

73

인상이
깊다

5-1 국어 5단원 여러 가지 매체 자료

무슨 뜻일까?

어떤 사건, 사람, 경험이 마음에 깊이 새겨져 오래도록 기억되는 상황을
의미해요. 강한 인상을 받은 경험을 할 때 쓰는 말이에요.

이렇게 사용해!

내가 좋아하는 동화를 쓰신 작가님이 우리 학교에 오신 적이 있어요. 작
가님의 강연이 매우 <u>인상 깊어서</u> 몇 년이 지난 지금도 기억에 남아요.

비슷한 말이 있어!

'인상이 짙다' 역시 마음에 선명하게 남는 사건을 표현할 때 써요. '눈에
밟히다'라는 표현도 잊히지 않고 자꾸 눈에 아른거리는 것을 말해요.

74

입맛을
다시다

 무슨 뜻일까?

음식이 맛있어 보이거나 기대되어 입에 침이 고이는 것을 의미해요. 무언가를 먹고 싶은 기대감이 클 때 쓰는 말이에요.

 이렇게 사용해!

아빠가 구워 주시는 맛있는 갈비 생각에 소현이는 <u>입맛을 다시며</u> 저녁 식사를 기다렸어요.

 비슷한 말이 있어!

'침이 고이다'는 매우 맛있어 보이는 음식을 보며 먹고 싶은 욕구가 생기는 것을 말해요. 반대로 '입맛이 떨어지다'는 음식에 대한 흥미나 기대감이 사라져 아무것도 먹고 싶지 않은 상태를 의미해요.

158

75

잠귀가 밝다

 무슨 뜻일까?

작은 소음에도 쉽게 깨어나는 성격을 의미해요. 주로 잠을 자는 동안 주변 소리에 매우 민감할 때 쓰는 말이에요.

 이렇게 사용해!

형은 잠귀가 밝아서 내가 화장실 가는 소리에도 눈을 떠요.

 비슷한 말이 있어!

'잠귀가 얇다' 역시 작은 소리에도 잠들지 못하는 상태를 뜻해요. 반대로 '잠귀가 어둡다', '잠귀가 질기다', '업어가도 모른다'는 어떤 상황에서도 잘 자는 사람에게 쓰는 표현이에요.

76

점을
찍다

무슨 뜻일까?

눈에 잘 띄도록 검은 점을 찍어 표시하듯, 마음에 드는 대상을 정하고 기억해 두는 것을 말해요.

이렇게 사용해!

선생님께서 이번 달 마니또를 정하자고 하셨어요. 나는 단짝 기철이를 마니또로 점찍었지요.

비슷한 말이 있어!

'찜하다' 역시 사고 싶은 물건을 마음속에 정해 두거나, 더 가까워지고 싶은 사람을 발견했을 때 쓰는 말이랍니다.

1394년, 태조 이성계는 조선의 수도를 옮기기로 마음먹습니다.

전국팔도에 사람을 보내 좋은 도읍지 터를 고민했는데

여러 도읍 중에 지금의 서울인 '한양'을 점찍었습니다.

무학대사의 말대로 높은 산에 둘러싸여 안전하고, 넓은 한강이 지나니 무역과 교통에도 탁월한 땅이었기 때문입니다.

77

좀이
쑤시다

무슨 뜻일까?

마음이 들뜨거나 초조해서 가만히 참고 기다리지 못하는 모습을 표현하는 말이에요. 어떤 상황 때문에 하고 싶은 일을 못 할 때 주로 사용하지요.

이렇게 사용해!

지후는 운동장에 나가서 친구들과 축구를 하고 싶어 **좀이 쑤셨어요.** 하지만 장대비가 쏟아지고 있어서 나갈 수가 없었어요.

비슷한 말이 있어!

'몸이 비비 꼬인다' 역시 하고 싶은 일을 할 수 없어 답답하고 지루한 상황을 뜻하는 표현이에요. '입이 근질근질하다'는 누군가의 눈치를 보느라 하고 싶은 말을 꺼낼 수 없을 때 사용하지요.

78

줄행랑을
치다

무슨 뜻일까?

위험하거나 불리한 상황에서 빠르게 도망치는 것을 의미해요. 주로 갑작스러운 위기 상황에서 쓰는 말이에요.

이렇게 사용해!

금은방을 털던 도둑들은 경찰차가 다가오자 뒤도 안 돌아보고 줄행랑을 쳤어요.

비슷한 말이 있어!

'꼬리를 감추다', '발을 빼다' 역시 어떤 어려운 상황이나 문제에 마주쳤을 때 급히 벗어나거나 도망치는 것을 말해요.

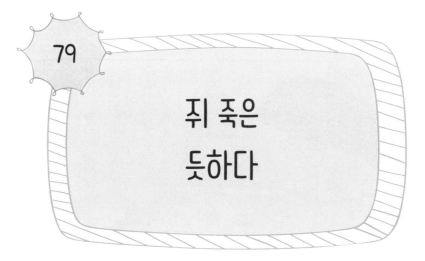

79

쥐 죽은
듯하다

6-2 국어 2단원 관용 표현을 활용해요
3-2 과학 소리의 성질

 무슨 뜻일까?

옛날에는 사람들이 사는 곳마다 쥐들도 서식했어요. '쥐 죽은 듯하다'는 쥐들이 죽어 아무 소리도 들리지 않는 것처럼, 매우 조용하고 한 점 소리 없는 상태를 의미해요. 주로 환경이나 분위기가 매우 고요할 때 쓰는 말이에요.

 이렇게 사용해!

시험을 앞둔 교실은 쥐 죽은 듯 조용했어요. 모두 머릿속으로 지금까지 공부한 것들을 되뇌었지요.

 비슷한 말이 있어!

'적막강산'은 어떤 풍경이 적적하고 쓸쓸한 것을 말해요.

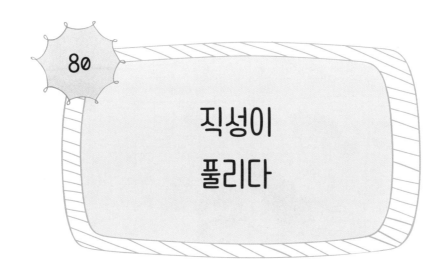

80

직성이
풀리다

무슨 뜻일까?

어떤 일이 마음대로 되지 않아서 불편하고 초조했던 마음이 해결되어 안정을 찾는 것을 의미해요. 원하던 대로 일이 풀려 마음이 흡족한 상태를 뜻하지요.

이렇게 사용해!

그는 어려운 문제가 생겼을 때 몇 날 며칠 매달려 답을 얻어 낸 후에야, 마침내 직성이 풀렸어요.

비슷한 말이 있어!

'마음이 후련하다' 역시 마음을 억누르고 있던 문제가 해결되어 기분이 개운할 때 쓰는 말이에요.

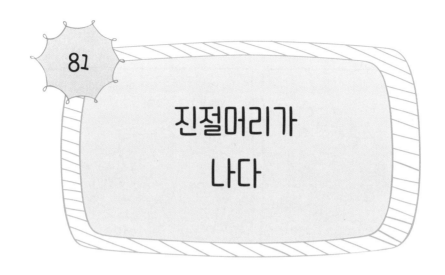

81

진절머리가
나다

 무슨 뜻일까?

어떤 것이 지나치게 반복되거나 불쾌해서 견딜 수 없는 상태를 의미해요.
주로 매우 싫증 나거나 지겨워할 때 쓰는 말이에요.

 이렇게 사용해!

매일 다양한 반찬이 나오던 급식 대신, 방학 동안 집에서 매일 같은 음식
만 먹으니 **진절머리가 날** 지경이에요.

 비슷한 말이 있어!

'**싫증 나다**'는 어떤 것에 대해 재미나 관심을 잃고 더 이상 좋아하지 않
는 것을 말해요. '**몸서리치다**' 역시 너무 지겨워서 몸이 떨리는 지경을
뜻해요.

82

치가
떨리다

6-2 국어 4단원 관용 표현을 활용해요

 무슨 뜻일까?

분노나 격렬한 감정으로 몸이 떨리는 상태를 의미해요. 주로 매우 화가
나거나 감정이 격해질 때 쓰는 말이에요.

 이렇게 사용해!

만날 때마다 무례한 말을 하는 친구가 있어요. 오늘도 어김없이 말도 안
되는 것으로 나를 놀려서 **치가 떨렸어요.**

 비슷한 말이 있어!

'신물 나다', '이가 갈리다' 역시 지긋지긋한 상황에 지치고 분노하는 것
을 뜻해요.

174

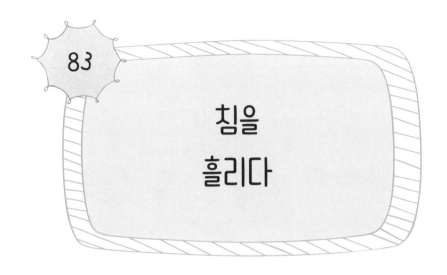

83 침을 흘리다

 무슨 뜻일까?

음식이나 어떤 것에 대한 강한 욕구를 표현할 때 사용하는 말이에요. 주로 맛있는 음식을 보고 매우 먹고 싶어하는 상태를 말하지만, 때때로 남의 것에 욕심을 낼 때 쓰기도 하지요.

 이렇게 사용해!

제국주의가 횡행하던 시대에, 유럽 국가들은 다른 대륙을 넘보며 **침을 흘렸어요.**

 비슷한 말이 있어!

'구미가 당기다', '입맛을 다시다'도 맛있는 음식이나 갖고 싶은 대상을 바라볼 때 쓰는 표현이에요.

84

코허리가
시다

2-2 국어 4단원 인물의 마음을 짐작해요

무슨 뜻일까?

눈물이 나려 할 때, 코가 시큰해지곤 하지요? 이처럼 '코허리가 시다'는 무언가가 몹시 가엾거나 감동스런 장면을 보았을 때 눈물이 나려는 상황을 뜻해요.

이렇게 사용해!

가족들과 영화 '태극기 휘날리며'를 보았어요. 우리나라가 겪은 아픈 전쟁의 역사 때문에 **코허리가 시어지며** 눈물이 났어요.

비슷한 말이 있어!

'코가 시큰하다', '눈시울이 맵다' 역시 감동이나 슬픔을 느껴 눈물이 날 때 쓰는 표현이랍니다.

85

콧노래를 부르다

3-1 국어 3단원 알맞은 높임 표현
4-2 과학 물의 여행

 무슨 뜻일까?

마음이 즐거워서 흥얼거리는 것을 의미해요. 일반적으로 기분이 매우 좋거나 만족스러울 때 쓰는 말이에요.

 이렇게 사용해!

여름 방학이 다가오자 정인이는 설레서 **콧노래를 부르기** 시작했어요.

 비슷한 말이 있어!

'흥이 나다', '어깨가 들썩이다' 역시 무척 즐거운 일을 앞두고 마음이 동하는 상태를 묘사하는 표현이에요. 반대로 '흥이 깨지다', '어깨가 처지다', '산통 깨지다'는 기대하던 일이 일어나지 않아 실망하는 것을 뜻해요.

86

콧대가 높다

무슨 뜻일까?

자신에 대한 자부심이 강하고 남에게 쉽게 굽히지 않는 성격을 의미해요.
주로 자존심이 강하거나 자신감이 넘칠 때 쓰는 말이에요.

이렇게 사용해!

올해도 지우가 반장으로 뽑혔어요. 안 그대로 높은 지우 콧대가 더 높아
진 것 같아요.

비슷한 말이 있어!

'어깨가 올라가다' 역시 자존심이 높아지거나 우쭐대는 사람에게 쓰는
표현이에요. 반대로 '코가 납작해지다'는 실패나 패배로 자존심이 상했
을 때 쓰는 말이지요.

87

콧대를
세우다

6-2 국어 2단원 관용 표현을 활용해요

 무슨 뜻일까?

자신의 의견이나 위치를 당당히 주장하며 자부심을 드러내는 것을 의미해요. 주로 자신의 주장에 확신이 있을 때 쓰는 말이에요.

 이렇게 사용해!

학급 회의에서 정민이는 자신이 준비한 급훈이 최고라며 **콧대를 세웠어요.**

 비슷한 말이 있어!

'유아독존' 역시 세상에 자기뿐인 것처럼 거들먹거리며 남들을 낮춰 보는 것을 뜻해요. 반대로 '**콧대가 꺾이다**'는 남들에게 무시나 비난을 당해 자존심이 꺾이는 것을 말해요.

대한민국의 영원한 피겨 전설 김연아 선수는

선수 시절, 국내에 몇 없는 아이스링크장을 전전하며 힘겹게 훈련하고

세계대회에서는 콧대를 세우며 연습을 방해하는 외국 선수들 틈에서도

당당하게 실력으로 자신이 최고임을 증명했어.

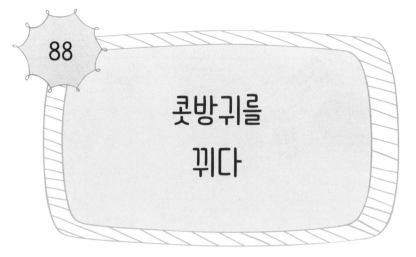

88

콧방귀를 꾀다

3-1 국어 6단원 바르게 대화해요

무슨 뜻일까?

다른 사람의 말이나 행동을 "흥!" 하고 무시하는 모습을 표현한 말이에요. 주로 자신을 남보다 우월하게 생각하며 행동할 때 쓰는 말이지요.

이렇게 사용해!

그는 자신이 모든 것을 안다고 생각하여 다른 사람들의 말에 **콧방귀를 꾀었어요.**

비슷한 말이 있어!

'거만하다'는 자신을 남보다 우월하게 생각하고 무례하게 행동하는 것을 말해요. '겸손하다'는 자신을 낮추고 타인을 존중하는 태도를 의미해요.

186

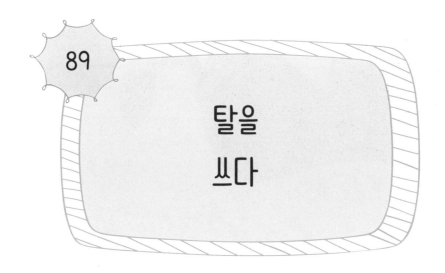

89

탈을
쓰다

무슨 뜻일까?

다른 사람을 속이기 위해 다른 모습이나 성격으로 가장하는 것을 의미해요. 주로 자신의 진짜 의도나 성격을 숨기고자 할 때 쓰는 말이에요.

이렇게 사용해!

내 동생은 나한테는 버릇없이 굴면서 엄마, 아빠 앞에서는 **탈이라도 쓴** 듯 착한 아이인 척했어요.

비슷한 말이 있어!

'앞뒤가 다르다' 역시 비슷한 표현이에요. 탈을 쓴 사람의 겉과 속이 다르듯, 강한 사람에겐 굽신거리고 약한 사람에겐 횡포를 부리는 위선적인 모습을 표현하는 말이지요.

90

터무니없다

 무슨 뜻일까?

상식적으로 이해할 수 없거나 매우 비합리적인 것을 의미해요. 주로 말이나 행동이 근거가 없거나 말도 안 될 때 쓰는 말이에요.

 이렇게 사용해!

을사늑약은 <u>터무니없이</u> 조선의 외교권을 요구한 일본에게 강제로 권리를 빼앗긴 억울하고 슬픈 역사예요.

 비슷한 말이 있어!

'허무맹랑하다', '어처구니없다' 역시 일반적인 상식이나 기준에 맞지 않는 허황된 것을 뜻해요.

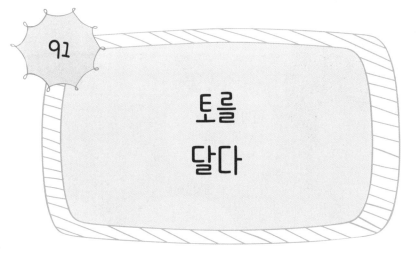

91

토를
달다

무슨 뜻일까?

다른 사람의 말이나 의견에 이의를 제기하거나 반론을 하는 것을 의미해요. 주로 논쟁이나 토론에서 자신의 다른 견해를 표현할 때 쓰는 말이에요.

이렇게 사용해!

엄마, 아빠의 꾸중에 맹랑하게 <u>토를 단</u> 바람에 오랫동안 벌을 섰어요.

비슷한 말이 있어!

'말대꾸하다' 역시 타인의 의견이나 지적에 쓸데없이 변명하듯이 대꾸하는 것을 말해요. 주로 아랫사람이 윗사람에게 말대답하는 것을 말하지요.

92

통이
크다

 무슨 뜻일까?

마음이 넓고 관대한 성격을 의미해요. 주로 사소한 것에 연연하지 않고 대범한 태도를 보일 때 쓰는 말이에요. 누군가 많은 사람에게 음식이나 재물을 베풀 때도 사용한답니다.

 이렇게 사용해!

그는 어떤 상황에서도 **통이 크게** 대범하게 행동하여 많은 사람들에게 존경받았어요.

 비슷한 말이 있어!

'손이 크다'는 맛있는 음식을 많이 만들어 이웃에게 많이 나누어 주거나 베푸는 사람에게 쓰는 표현이에요.

194

93

피가 거꾸로 솟다

무슨 뜻일까?

너무 화가 날 때 머리가 아프거나 얼굴이 화끈거린 적 있나요? 이처럼 매우 화가 나거나 분노하는 상황을 강하게 표현할 때 쓰는 말이에요. 피가 거꾸로 솟아오를 만큼 화가 났다는 것이지요.

이렇게 사용해!

내 자전거를 빌려 가서 타다가 바퀴를 터뜨렸다는 친구에게 나는 피가 거꾸로 솟을 정도로 화가 났어요.

비슷한 말이 있어!

'머리에서 연기가 나다' 역시 머리까지 뜨거워질 정도로 화가 날 때 쓰는 표현이랍니다.

94

피눈물을 흘리다

2-2 국어 4단원 인물의 마음을 짐작해요

 무슨 뜻일까?

억울하거나 비통한 일을 겪어 극심한 고통이나 슬픔을 느낄 때 쓰는 표현이에요. 눈에서 눈물 대신 피가 날 정로도 말이지요.

 이렇게 사용해!

백범 김구 선생님은 해방 후 우리나라가 분단되자 피눈물을 쏟으며 안타까워하셨어요.

 비슷한 말이 있어!

'피를 토하다' 역시 비통한 마음이 가득해 피를 토할 정도로 답답한 마음을 뜻하는 표현이에요.

95

피도 눈물도
없다

5-1 사회 인권 존중의 정의로운 사회

 무슨 뜻일까?

매우 냉정하거나 감정이 없어 보이는 상태를 의미해요. 감정에 휘둘리지
않고 혹독하게 행동할 때 쓰는 말이에요.

 이렇게 사용해!

한율이는 체육 시간에 피구만 시작하면 피도 눈물도 없이 친구들에게
공을 던져댔어요.

 비슷한 말이 있어!

'무정하다', '냉혈한' 역시 따뜻한 호의 없이 다른 사람의 사정을 봐주지
않는 차가운 성정을 뜻하는 표현이에요.

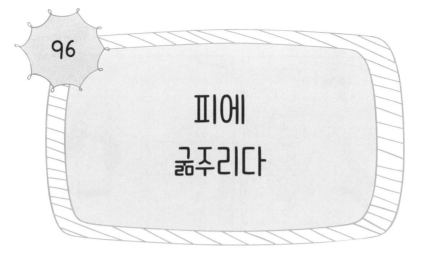

96

피에
굶주리다

6-2 국어 3단원 문학과 우리의 삶

무슨 뜻일까?

비유적으로 매우 공격적이고, 상대방에게 해를 입히려는 강한 욕구를 가지고 있음을 나타내는 말이에요. 주로 복수심이나 강한 적대감을 품고 있을 때 쓰는 표현이지요.

이렇게 사용해!

칭기즈칸 시대의 몽골군은 피에 굶주린 듯 전 세계를 내달리며 적군을 해치웠어요.

비슷한 말이 있어!

'냉혈한'은 타인에 대한 일말의 배려 없는 피도 눈물도 없는 사람을 뜻해요. '전쟁광'은 의미 없는 싸움과 전쟁에 열을 올리는 사람이나 세력을 뜻해요.

97

한 우물을
파다

 무슨 뜻일까?

한 가지 일에 집중하고 꾸준히 노력하여 깊이 있게 실력을 쌓는 것을 의미해요. 주로 특정 분야에서 전문가가 되기 위한 노력을 할 때 쓰는 말이에요.

 이렇게 사용해!

그는 어릴 때부터 음악에 관심이 많아 **한 우물만 파서** 지금은 유명한 음악가가 되었어요.

 비슷한 말이 있어!

'외길을 걷다' 역시 한눈 팔지 않고 한 분야에만 몰두하여 긴 시간 동안 노력하는 것을 말해요. 주로 한 종류의 요리나 음식, 가업 등 한 종류의 일을 물려받아 전통 기술을 이어 가는 것을 일컫지요.

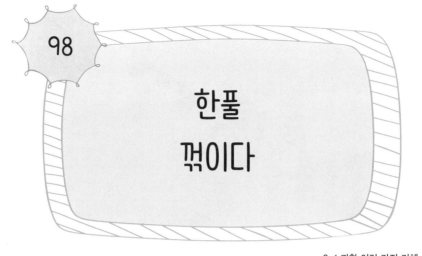

98

한풀
꺾이다

6-1 과학 여러 가지 기체

 무슨 뜻일까?

감정의 상태나 긴장감 등이 줄어들어 안정을 찾는 것을 의미해요. 주로 큰 감정이나 기운이 한창 높았다가 점차 줄어드는 상태를 말할 때 쓰는 말이에요.

 이렇게 사용해!

9월에 들어서자 한여름의 폭염이 <u>한풀 꺾이고</u>, 시원한 바람이 불기 시작했어요.

 비슷한 말이 있어!

'제풀에 지치다'는 홀로 열을 올려 일하거나 열정을 보이다가, 결국 지쳐 기운을 잃는 모양새를 뜻해요.

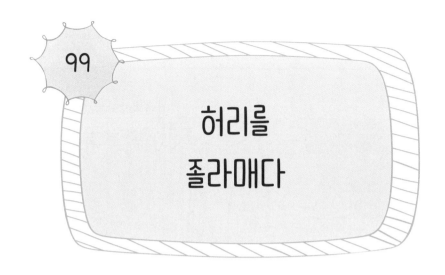

99

허리를
졸라매다

 무슨 뜻일까?

경제적으로 어려울 때 지출을 줄이고 절약하는 것을 의미해요. 주로 재정적인 압박을 받을 때 쓰는 말이에요.

 이렇게 사용해!

회사 사정이 어려워지자 직원들은 모두 허리를 졸라맸어요.

 비슷한 말이 있어!

'보릿고개다'는 가까스로 먹고살고 있는 힘든 경제 사정을 뜻해요. 반대로 '주머니가 두둑하다'는 돈을 많이 벌어 풍족한 상태를 의미하지요.

100

혀를
내두르다

5-1 국어 3단원 경험을 바탕으로 글을 써요

무슨 뜻일까?

어떤 일에 무척 놀라거나 당황해서 말을 잃을 때 쓰는 표현이에요. 감탄이 나올 정도로 훌륭한 성과를 목격했을 때, 혹은 반대로 개탄스러운 사건으로 인해 진절머리가 날 때 사용해요.

이렇게 사용해!

종민이가 운동회 계주에서 대역전극을 펼치자, 달리기 실력이 보통이 아니라며 모든 사람들이 **혀를 내둘렀어요.**

비슷한 말이 있어!

'넋이 나가다', '혼이 빠지다' 역시 대단한 활약이나 놀라운 일을 맞닥뜨렸을 때 사용하는 표현이에요.

찾아보기

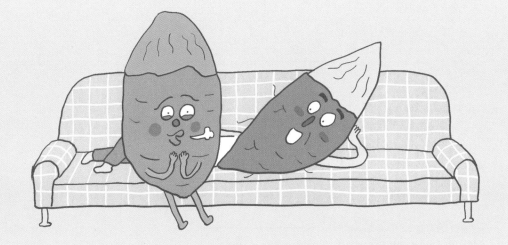

문해력 점프 3

시즌2 이해력이 쑥쑥
교과서
관용구
100

초판 1쇄 인쇄 2024년 7월 15일
초판 1쇄 발행 2024년 7월 19일

글쓴이 김종상·이지수
그린이 윤유리
펴낸이 김옥희
펴낸곳 아주좋은날
편집 이지수
마케팅 양창우, 김혜경

출판등록 2004년 8월 5일 제16－3393호
주소 서울시 강남구 테헤란로 201, 501호
전화 (02) 557－2031
팩스 (02) 557－2032
홈페이지 www.appletreetales.com
블로그 http://blog.naver.com/appletales
페이스북 https://www.facebook.com/appletales
트위터 https://twitter.com/appletales1
인스타그램 @appletreetales
인스타그램 @애플트리태일즈

ISBN 979－11－92058－39－9 (64810)
ISBN 979－11－92058－29－0 (세트)

아주좋은날 은 애플트리태일즈의 실용·아동 전문 브랜드입니다.

━━ 어린이제품 안전특별법에 의한 기타 표시사항 ━━
품명 : 도서 | 제조 연월 : 2024년 7월 | 제조자명 : 애플트리태일즈 | 제조국 : 대한민국
사용연령 : 8세 이상 | 주소 : 서울시 강남구 테헤란로 201, 5층(02-557-2031)